글벗시선 217 신순희 시조집

아마도
너 닮았지

신순희 지음

시조집을 출간하며

글을 쓰는 시간은 거의 고요한 새벽입니다.

삶이 고단하고 힘들어도 잠시 눈을 붙였다 깨어나면 어느 덧 시간은 일어난 일들을 어제로 밀어내고 새날을 눈꺼풀 앞에 데려다 놓습니다.

마음이 복잡하고 걱정거리가 많은 때에 습작 펜을 들면 잠잠해지고 차분해짐을 느낍니다. 또 다른 묵묵한 자연의 세계로 들어가서 그들의 개체에서 나만의 정서적 세계를 만들어 가는 것이 행복합니다. 글 쓰는 동안은 포근하고 삶을 돌아보게 하고 때론 치유도 되는 것을 느낍니다.

시조를 쓰기 시작한 것은 2018년 청옥문학에서 시조 등 단 입문하면서입니다. 시와는 또 다른 매력에 흠뻑 젖어 창작을 하던 차에 평소에 존경하던 도종환 작가(당시 의원 시절)님께서 2021년에 시조문학 장르 입법에 기여를 하셨 기에 더욱 시조에 관심을 가지고 틈만 나면 시조로 표현해 보는 노력을 많이 했습니다.

처음 시조를 배울 때 정형 시조 율격과 음보율을 엄격하 게 지키는 것과 고사성어 포함 사자성어는 안되고 순수 우리말로 연속적이거나 반복적인 언어의 리듬을 표현하면서 의미를 깊게 하기란 여간 서툴고 힘든 작업이 아니었습니다. 배우고 익혀가며 창작한 시조를 징검다리 놓듯 한 수 한 수 모은 것을 묶어서 시조집을 출간하게 되었습니다.

늘 이끌어 주시고 출간에 도움을 주신 편집주간 최봉희 회장님께 감사드립니다.

창조의 섭리로 다시 본래의 자리로 서게 하시는 하나님께 영광을 돌립니다.

2024년 9월

차 례

제2부 너울에 떠밀려서

제3부 소쩍새 우는 밤에

제4부 갈색 추억

제5부 주름진 얼굴

제1부

능소화 편지

가을 아씨

볼수록 단아하고
편안한 아름다움

해맑은 아침 햇살
가을빛 물들이고

숭고한
한올 한올에
시선 끌린 실 국화

꽃눈

불그레 노르스름
흰 연두 혼합 꽃눈
다양한 땅의 심장
눈웃음 다채롭다
봄 열고
깨어나는 잠
이슬조차 긴 하품

언제나 유의미한
그들의 작은 미소
한없이 정결하고
해밝은 순정꽃눈
밤하늘
뭇별 내려와
징검다리 건넌다

꽃창포

줄기 섶 곱게 곧게
살며시 뒷짐 지고
꽃잎의 노란 여운
볼연지 물들여서
저녁놀
서성이는 맘
바람 따라 떠난다

공원을 거닐다가
코끝에 스친 인연
또 한 번 다시 와서
그 얼굴 빤히 보고
이제야
알아보겠네
구별되는 네 얼굴

나는 둥굴레

밤사이 봄비 내려
이 마음 촉촉해요
잎 뿌리 둥굴레꽃
이 한 몸 내어 맡겨
그대의
허약한 심성
신진대사 도와요

기쁨의 안색 혈색
입가의 미소 착색
줄지어 꽃 단 나비
봄 하늘 일렁거려
작은 몸
고귀한 봉사
둥글둥글 한세상

나팔꽃

영혼의 깊은 소리

       냉엄한 표정 관리

피었다 오므리고

       깨었다 잠이 드니

일상의 콧노래 소리

       줄기 따라 하룻길

능소화 편지

유월이 되자마자
한 송이 깔대 편지
단숨에 열어보니
올여름 계획 있네
하루에
십 센티 자라
나팔 불며 연주해

울타리 선율 따라
사뿐히 옮겨 앉아
실바람 물결 타듯
잔잔히 노래하리
덩달아
각시원추리
친구 삼아 한나절

닥풀꽃

꺽다리 가는 줄기
숲 위로 솟아올라
계절의 사잇길을
해맑게 바라본다
우아한
미색 얼굴에
곱게 번진 새도우

외눈이 가을맞이
반기는 아침 인사
발걸음 성큼거린
산책길 생태공원
꽃송이
꿰어 맨 줄기
다음 미소 건넨다

대나무

정해진 죽순 굵기 그대로
키만 크지
나무냐 풀이더냐 나이테
못 가진 너
풀이면 무에 상관해
곧은 푯대 긴 줄기

이른 봄 대숲 바람 이파리
물오르고
차가운 꽃샘추위 언덕에
스며드니

풀 중에 대쪽 절개 몸
비움으로 그득다

디기탈리스

꽃 탑동 나들목에 우뚝 선
꽃대 하나
자줏빛 둥근 터널 다세대
줄기 서니
온 마을 등대 삼아서
우리 동네 꽃동네

정다운 이야기꽃 걸쭉한
입담 작열
흐르는 사랑 노래 내 마음
아슴아슴
흐르다 멈춰 선 경계
꿀에 잠긴 꽃가루

아랫집 입 다무니 윗층 집
마음 열고
번갈아 입술 모양 하모니
모으는데
지켜본 그녀 발걸음
해지는 줄 모른다

모과 한 그루

허공을 딛고 나가
햇살을 따라가다
몸집이 불어나자
가지를 콱 물었다
손과 발 없는 못난이
개구쟁이 옹고집

허다한 과일 중에
못 가진 달콤한 맛
아무리 노력해도
안 되는 인정 욕구
성글게 온몸 물린 곳
모과 가지 아프다

목련꽃 움트는 새벽에

밋밋한 지휘봉에
열리는 봄의 음악
하룻밤 휘저을 때
새하얀 꽃잎 나고
이틀 밤 스타카토에
송이 목련 피었다

칙칙한 담벼락 위
내려온 감미로움
사뿐히 흘러내려
안마당 훤히 차니
지휘봉 소매 끝자락
더욱 신나 흔든다

못 잊어

냉이 향 그윽하게
봄 냄새 전하던 날
핫도그 여고 시절
어묵국 포장마차
언덕 위 백합화 향기
어느 곳에 머물까

철담산 중턱 위에
상큼한 아카시아
교정을 둘러싸고
교실 밖 유혹하네
깔깔깔 웃음 하모니
교내합창 즐겁다

소박한 아낙네 꿈
어디서 무엇 되어
눈가에 주름 지워
청춘을 갈망할까
친구야 부디 건강해
백세시대 누리자

민들레

출퇴근 보도블록 봄부터
가을까지
좁은 틈 비집고서 이겨낸
환경 오염

보드란 서양민들레
자가수분 자생력

한적한 시골 산골 봄에만
피어나는
도시 떠난 촌들레 나비 벌
친구 하니

전통적 토종민들레
타가수분 자생력

벚꽃 엽서

한 그루 벚꽃 나무
언덕 위
세워 놓고

저 하늘 아롱지게
그리움
달아보네

억만 겹 꽃잎 흩날려
멍든 소식 닿을까

봄 개울

졸졸졸 얼음 풀린
골짜기 양지 틈에
얼었던
바위 둘레
맑은 물 적셔 돌고

고요한 햇살 내려와
개구리알 흔든다

겨울잠 깨는 이끼
파릇이 돋아나서
촉촉이
스며드는
봄기운 맞이하니

사뿐히 산새 내려와
물둘레를 그린다

산수유

노란 손 뜨개질로 빈 가지
채워간다
한두 땀 코를 세워 부채꼴
피코뜨기

실 중에 금색실 뽑아
채워가는 봄 햇살

두 송이 이어가니 모둠 꽃
생겨나고
밀려온 산들바람 머금고
내보내니

끝없이 풀려나는 실
산수유화 큰 나무

살구 익어 간다기에

유월의 하늘 먹고
새침 뗀 연주황빛
침 고인 가지 뻗어
이웃집 경계 넘어
초록 잎 뒤에 숨은 알
숨바꼭질 솔바람

초여름 작은 열매
유혹의 둥근 미간
침샘의 곤두박질
솟아난 장난 발동
당겼다 놓아 버린 손
주인 몰래 나 몰래

오월의 신부는

계절의 여왕께서
잎 아래 감추어도
정열의 붉은 장미
옆모습 다소곳해
내놓기
아까운 마음
엿보이는 초여름

가으내 떨군 잎새
겨우내 맞은 흰 눈
내면의 돋은 가시
한 성질 무기 삼아
일평생
살아 나갈 길
꽃길 열어 간다네

참나리

아담한 담장 끝에
꼿꼿한 칠월 촛불
빽빽한 기도문에
주야로 드린 정성
흑진주
주아 두른 손
하늘 섭리 이룬다

여섯 갈래 땋아 올린
바소꼴 화피 조각
좌우로 열중하는
다소곳 아리따움
애타는
간절한 마음
길게 눌린 속눈썹

친구의 꽃송이

황홀한 경이로움
눈 뜨고 볼 수 없어
사르르 눈 감으니
더 먼 곳 다가오네
들이킨
큰 숨 한 모금
깊이 스민 꽃 내음

모양은 알지 못해
냄새로 맛보는 꽃
봄 언덕 돌아 나온
실바람 알려 주네
연보라
매무새 담고
나풀나풀 꽃향기

* 시각장애 친구와 라일락

제2부

너울에 떠밀려서

가랑잎 주단

인적이 없는 거리 앵봉산
뒤안길에
저녁놀 한 잎 두 잎 낙엽에
비낀 햇살
붉은 듯
누런 생각들
빈틈없이 쌓인다

언젠가 가야 할 길 미루지
않는 걸음
떨어진 가지 끝에 인사말
새긴 흔적
떨리는
새끼손가락
지르밟는 이별 길

가을걷이

온 여름 밭고랑을 흙 잡고
지켰더니
버릴 땐 쓸모없어 외면한
마음이야
난 아직
쓸모 있다오
무 배추 푸른 잎

줄지어 다닥다닥 공중에
집을 짓고
찬 이슬 입동 바람 시래기
그넷줄에
어무이
눈빛 담아서
농막 가득 훈훈해

겨울은

겨울은 가만가만
손잡고 사는 계절

언 땅에 눈 녹이듯
따스한 온기 안고

이 가슴

저 가슴속에
군불 지펴 사는 날

꿍존

솔잎의 흔들림에

갈 햇살 내려앉아

찌르기 멈추라니

싫다고 절레절레

너 찔러 내 늙어가니

그대 먼저 그치지

광주여 일어나요

한 사람 죄로 인해 사라진 귀한 목숨
돌아올 기약 없고 내 영혼 갉아 뜯네
오히려 함께 가고픈
한 많았던 그 세월

부르튼 상처 안고 울화통 짊어진 곳
망가진 가족이여 망부석 된 도시여
마음의 큰 한숨 쉬어
한의 고리 뱉어요

한 사람 회개로써 빈자리 못 채우나
끔찍한 조상의 죄 오열하며 사과하니
한 번만 용서해 봐요
멀건 마음 채워요

* 작가 노트 : 전두환 손자 전우원의 양심고백을 듣고

그댄 멋진 노노족

세월을 등 돌리며 얼마나 신날까요
젊음을 간직하여 노년에 사용하고
더듬어 걸어갈 길을
다듬어서 사는 삶

흘러간 구름 타고 날리는 갈잎 타고
아침 해 품에 안고 저녁놀 비낀 하늘
천상의 조화로운 길
동행하며 걷네요

가벼운 걸음걸이 골목길 가득하고
경륜의 여유로움 눈가의 엷은 미소
너무나 보기 좋아요
은빛 나는 그대 품

냉(冷)가시

환절기 될 때마다 반갑지 않은 기별
면역력 약한 사람 방어막 뚫어지고
인후통 발열 몸살에
감기약은 거들 뿐

치료는 되지 않고 후폭풍 위장장애
찌르는 송곳 같아 깊은 잠 못 이루고
손발에 침술 바늘로
전전긍긍 한의원

며칠 더 머물는지 기한을 모르지만
한방차 따끈하게 기관지 쓰다듬어
옛 어른 지혜로운 삶
민간요법 명 처방

단풍나무 겨울나기

칼바람 시샘하듯
살 속을
파고들 때

북풍에 한설 이불
고운 빛
깔아놓고

추억 속
떠난 그리움
한 잎 한 잎 수놓네

문답

해 아래 모르는 일 뭐 그리
많은 건지
해 위에 궁금한 일 왜 이리
많은 건지
살면서
부딪히는 건
돌섬 같은 한계점

무엇이 영원한가 무엇이
의미 있나
무엇이 새로운가 무엇이
가치 있나
물어도
어이없는 답
묻지 않음 그 조 차

멍우리 협곡

뜨거운 용암 흘러 유일한 협곡 통로
황금 털 가진 수달 그 지명 멍과 을 리
한국의 그랜드 캐년
삼십 미터 사 킬로

협곡 벽 듬성 구멍 멍우리 이름했나
뜻밖의 지명 역사 진지한 사색 몰입
탐방길 걷지 않으면
경험 못 할 지질층

풀 덮인 여름보다 겨울에 볼 것 많고
얼음 위 넘나들며 호기심 살찌우는
선명히 윤곽 드러난
주상절리 현무암

바다 물결 깊은 곳에

광막한 바다 산책 대륙을
에워싼 채
그처럼 풍부하게 생명체
품에 안아
파동 속
새로운 물결
흥미로운 자연사

헤엄쳐 먹이 찾는 생리적
울음소리
아가미 잔주름들 불리한
생존 조건
어패류
심해 거주민
플랑크톤 산란층

너울에 떠밀려서

코로나 높은 파도 이길 수
없는 몸이
물결에 휩싸여서 물거품
되어가니
밀리고
떠밀려 가다
모래밭에 숨는다

모래를 파고 헤쳐 찾으려
애쓰지만
형체는 간 곳 없고 잡힌 건
모래 한 줌
인생아
만물의 영장
이대로는 못 가리

성에

수증기 승화하여 떠돌다
멈춘 걸음
차디찬 유리창에 꽃무늬
수를 놓고
따스한
햇살 두려워
얼어붙은 서릿발

호호 분 입김으로 꽃줄기
그려 넣고
잘 익은 찐빵 냄새 꽃송이
부푸는데
얄미운
아침 햇살이
야금야금 지우네

송편 추억

보름달 눌러 담고
큰 덕담 눌러 담아
손가락 자국마다
어머니 손맛 스며

한 개비 속 고물 채워
다독다독 한 가족

맏자식 믿음 넣고
둘째 딸 정성 넣어
손끝 힘 여미면서
탈 없이 자라 주길

예쁘게 빚은 것마다
네 몫이야 흰 미소

여름 앓이

장대비 사잇길로 번갯불 지나갈 때
하얗게 질려버린 산사태 강둑 마을
엎친 데 덮친 태풍 길
바람 소리 냉가슴

전기세 폭탄 피해 에어컨 못 켜게 해
바깥 열 차단하려 큰 대문 꼭꼭 닫아
진종일 허덕이다가
머리앓이 열사병

처진 몸 퇴근하니 안팎이 마찬가지
달궈진 건물 더미 밤에도 후끈대고
아랫집 실외기 소리
성가시어 불면증

요양 문병

찬 바람 불어오는
어느 해 가을날에

한적한 버스 기사
가슴을 후벼 파네

어머니
버리고 왔소
야속 마오 나 또한

입동 아침

잔잔한 수평선을 고삐 잡아
내어준
그 아침 동해 바다 찬란한
해오름에
흰 고요 감도는 해안
자박자박 모래길

지난밤 해 저문 산 들녘에
숨어 있던
입동을 넘는 바람 가지에
입김 올려
아침 잎 떨군 감나무
빨간 홍시 까치밥

재인폭포

마르지 않는 눈물 폭포수 흘러 흘러
재인의 아내 절개 논개에 못지않네
줄 타다 떨어져 죽은
재인 넋의 광대춤

악명의 고을 수령 코 물고 자결한 곳
연천의 최고 명소 세상에 알리었네
코문리 고문리 전설
슬픈 사연 돌비석

시원한 폭포 주변 기이한 주상절리
한탄강 재인폭포 현무암 관광명소
수정빛 수직 물보라
쉬어가는 탐방길

참 친구

행운의 수레바퀴
저녁놀 붉게 받아

어둠을 예견하듯
숨죽여 기우는데

내 평생
오직 반 정도
믿어줄 이 몇이랴

탐욕의 늪

욕심에 밑 빠진 독
채워도 끝이 없네

구슬 빛 눈동자에
비추고 또 담아도

눈 감아
이끼 섞인 뒤
의미 없는 헛수고

제3부

소쩍새 우는 밤에

곱게 다가온 봄

봄 향기 소곤소곤
귓전에 들려온다
먼 산엔 아지랑이
골짜기 여울 소리
뒷산에
생강나무꽃
양지마을 매화꽃

아버지 소부 쟁기
드러난 냉이 뿌리
숨 쉬는 밭고랑 흙
땅벌레 활기차니
병아리
졸음 가득한
부지런한 봄 향기

다리

양쪽을 부둥켜서
시원한 통로 되어
오가는 행인에게
여기가 화해라네
어쩌면
여기까지도
오지 못할 인생을

한 번 더 품어주고
두려워 말라 하네
같은 선 올라서서
창조적 겨루기는
후대에
길이 보존될
생활 유산 슬기 멋

마음 서랍

정서적 의존 관계
누구나 있다마는
너무 큰 기대치를
상대에 걸지 마라
줄줄줄
새는 에너지
감당하기 어렵다

진솔한 감정 대화
맞서기 두려워 말고
내 마음 간직하고
네 마음 간직하자
흩어진
자존감 모아
마음 서랍 채우자

마음이 둥근 사람끼리

모였다 흩어지는
오월의 무지개 볼
눈웃음 반짝이며
아쉬움 가득 담고
다음에
또 만납시다
손 흔들어 떠난다

차바퀴 굴러가고
뒷모습 물끄러미
찢기고 사랑하며
시 속에 그려진 삶
그의 삶
내 삶 같아서
찡한 전율 흐른다

무엇이 행복인가

소유의 양 크기로
행 불행 나누지만
존재의 가치로써
인생관을 정하자
상황을
넘어선 행복
내적 기쁨 맛나다

쟁취한 행복이면
불안에 휩싸이니
주어진 행복 안고
늘 미소 간직하자
집착을
넘어선 행복
소망 나라 얻는다

부부의 삶

나 아닌 너이어야 너 아닌 나이여야
더불어 걷는 걸음 더 나은 둘이 되어
홀로 된 시간 돌이켜
마주 보는 너와 나

서로의 아는 지식 모아 둔 서랍 속에
수시로 맘 넣어서 잘 있나 확인하고
적절한 더 나은 의견
선택해서 꺼내자

못 참을 냄새나면 옛 둥지 생각하고
정결한 부모 향기 내 그릇 만들어서
천하를 담을 큰 그릇
가슴 펴서 허하호

분노라는 에너지

뻗어갈 뿌리조차
발끝을 오므리고
호흡할 콧구멍 속
마르고 척박한 맘
한 모금
머물지 못한
아침 이슬 서럽다

분노는 보물 창고
감은 눈 저 멀리서
마지막 남은 힘을
기어이
불러온다
원동력 스프링클러
꿋꿋하게 버틴다

사라진 나의 박넝쿨 너머

한낮의 햇볕 피해
풀잎에 기대 산 삶
시들은 그늘 아래
누추한 나의 모습
비전은
어디로 가고
불평불만 품었나

옮기지 못한 마음
건너지 못한 생각
빈 넝쿨 구멍 너머
다가온 푸른 하늘
밀어준
흰 구름 속에
온몸 던져 담근다

세월

싫은데 나이 먹기
뭐 땜에 자주 오노
밀쳐낸 시간들이
눈가에 가득하다
정오의
그림자처럼
바싹 붙어 다닌다

해 뜨고 지는 일이
너와 나 무슨 상관
그날이 그날 같아
무심한 섣달그믐
한 살 더
새것 준다니
일단 받아 챙길까

소리 소리

여기에 탄식 소리 저기에 애곡 소리
언덕에 핑계 소리 광야에 원망 소리
4단계 묶는 발걸음
소상공인 옥죄네

코로나 기준 단계 헌법 위 임시법안
나라의 방역 지침 누구를 살리려나
공포에 시달린 시민
죽음 앞에 피눈물

건강히 지내다가 좋은 날 함께 보세
몸 건강 정신 건강 버텨야 살아남지
눈물과 한숨 소리에
그루터기 싹 나리

소쩍새 우는 밤에

낮에는 뭐 하다가 밤이면 슬피 울어
절벽 암 깊은 골에 메아리 울리는가
고향 땅 밟고 있어도
사무치게 그립네

아버지 소 꼴 베던 어머니 감자 캐던
군 입대 오빠 가던 어린 동생 칭얼대던
금빛별 밤하늘 가에
추억으로 맺혔네

부모님 함께 할 땐 그리운 임 부르고
그리운 임 함께하니 부모님 불러 보네
목메어 소쩡 소우 쩡
갈 수 없는 그 시절

오월의 봄눈

흰 구름 춘설 되어
설악산 내려온 날
대청봉 오월 설경
한겨울 시샘하니
연둣빛
동화 속 마을
맑은 마음 쌓인다

양지꽃 현호색꽃
야생화 이마 위에
차갑게 녹아내려
뿌리로 스미는데
아뿔싸
따스한 햇살
안절부절 비췬다

욕심의 두 갈래

과하게 작용하면 부정적 꽃이 피고
커다란 꼬투리에 빈약한 속 알맹이
욕심이 주는 영향에
헛된 영광 과시욕

적당히 작용하면 긍정적 꽃이 되어
강력한 껍질 싸고 질투에 자유롭다
성실성 주는 영향에
목표 달성 순수형

넘치는 바닷물이 경계를 지키듯이
뿌려진 들풀 하나 범위를 지키듯이
인생의 나그넷길에
귀감 되는 대자연

우정이거나 사랑이거나

꽃바람 신중하오 저녁놀 피는 사랑
지난 일 묻지 말자 지금 맘 소중하자
아무리 다짐해 봐도
삶의 조각 지우리

늦깎이 닿은 인연 얼마나 오래 가리
곧 알고 이별할 일 애당초 시작 말자
한 조각 두 조각 모아
지금까지 산다네

어떠한 사랑이든 맘먹기 나름이고
어떠한 우정이든 이어갈 나름인데
성취할 품이 작은걸
타령하여 뭣하리

유한성

마음과 생각으로 흰 구름 위에 앉아
인생사 허무함을 아래로 내다보며
범사에 기한 있는 것
무릎 치며 대하니

짐승의 죽음처럼 사람도 떠나는데
같은 일 당하여도 더 나은 존재감은
지식을 도구 삼아서
문명 세계 잇는다

고통도 수려하고 고난도 빼어나니
복의 힘 빌려다가 평안의 우물 퍼서
변장한 축복의 여정
빛난 열매 낳는다

젓가락

쪼개고 감싸 돌려 한 입도 못 먹으나
내 가족 먹이기에 평생을 동분서주
수세미 지나갈 때면
광채 나는 내 얼굴

길고 긴 여정 속에 손잡고 걸어온 길
생명의 허리 굽어 호흡을 포기할 때
덩달아 머문 시선에
눈물 고인 냉가슴

제헌절날

지켜서 안전보다 어기면 이익사회
나 혼자 산다면야 무슨 법 필요할까
사회적 동물이기에
공유 인식 법규범

끝없는 인정 욕구 법망을 피해 가니
합리성 쫓는 횡포 제 심성 이지러져
법 앞에 평등한 만인
허탈 웃음 내뱉네

모호한 법의 판결 오묘한 법의 잣대
변호사 증거자료 신성한 진실 왜곡
법문에 선택된 시비
승소한 자 쓴 미소

펭귄

두 발로 다니는 건 아마도
너 닮았지
상체의 굽신거림 뒷모습
뒤뚱거림
어깨에 세찬 눈보라
뚜벅뚜벅 인내 길

사소한 공통점에 한 걸음
더 친근해
차가운 해변에도 무덤덤
이겨내는
반듯한 바바리코트
언제 봐도 멋쟁이

피붙이

배에서 태어나서 나에게
안기었고
태에서 나오면서 나에게
업히던 너
장성해 멀리 떠나도
품속에서 뛰놀지

긴 세월 껌벅이던 두 눈의
흐린 총기
어느 곳 머물던지 오로지
너 생각뿐
쓰임새 맞게 살겠지
믿어주는 맘 중심

회상

덧없이 가는 세월 강물을
바라보니
물고기 바위 자갈 수초의
물속 그네
느린 듯 빠른 움직임
목적 이룬 하모니

한세월 물 흐르듯 인생을
씻어 내니
가벼운 삶의 무게 그 누가
가졌으랴
묵직한 부담감 어린
곱이곱이 사연들

제4부

갈색 추억

가창오리 떼 군무

조그만 시골 동네 저녁놀
붉어질 때
철새의 화려한 춤 자유를
부르짖듯

황금빛 가창오리 떼
하늘 축제 열었네

창공의 푸르름을 마음껏
달려갈 때
미시적 날갯짓에 거시적
효과 낳고

환상의 창조를 위한
아름다운 모습들

가훈

무수한 시간 속에
되살려 새겨 두어
귓전에 살아 있는
아버지 훈계 말씀

형보다 동생이 낫고
동생보다 형 나아

갈색 추억

안개로 빠져나온
             그윽한 너의 유혹
일교차 민감하게
             구수한 하늘거림

커피 향 춤추는 곳에
             사연 줍는 보따리

나이 들수록

외모는 세월 따라
흐리게 변하지만
마음은 가꿀수록
눈부신 원석일세

언제나 곁에 두고픈
여문 마음 환한 눈

마음이 있는 곳에

생각을 가다듬어
영혼에 주워 담고

잘못된 소유 걸러
저 멀리 팽개친 이

구분된 청빈과 가난
삶의 가치 드높다

바닷가 아침

새벽의 동백 꽃잎

눈꺼풀 열어보니

위대한 유산이 될

빛나는 햇살 한 줌

하루여 푸른 바다여

힘찬 기백 갈매기

바닷가에 서면

지구가 존재해 온

유구한 세월 동안

바다가 존재해 온

억겁의 시간 동안

해변의 수천 톤 모래

낮고 굵은 쇄파 음

방아깨비

덩더꿍 디딜방아

서둘러 찧어보자

긴 다리 짧은 다리

두 자매 마주 앉아

해 질 녘 집에 못 가고

소꿉놀이 잡혔네

백두대간 협곡열차

철커덕 낭만 기차
사뿐히 올라보니
양면엔 투명 유리
유쾌한 창밖 풍경

한 아름
자연 속 신비
스승 되어 스민다

여행은 회복의 움
생각의 날개 달아
새로운 공간 속에
얽매임 풀어내는

자신과
대면한 자아
새로운 눈 재발견

벌초

은혜가 너무 깊어
손끝에 닿지 않아
어머니 묘비 안고
향수를 더듬으니

땋아준
갈래머리 밑
진달래꽃 고무줄

산 좋아 살았을까
임 좋아 살았을까
따스한 온기 없이
흙으로 덮은 이불

초록빛
머릿결 빗겨
비녀 꽂아 올렸네

비 그친 아침

도심 속 창 너머로
고요를 깨는 새벽
저 멀리 나지막이
종달새 기상 소리
비 잠시
그친 틈을 타
조반 시장 나왔나

계속된 장맛비에
새들도 날씨 걱정
축축이 젖은 둥지
햇살을 기다리리
얘들아
일어나거라
젖은 날개 말리자

사정은 무슨 사정

인생길 눈물 따라
허다한 사연 안고
삐거덕 수레바퀴
우지직 고장 났네
끝내자
더는 못 사네
세월 흘러 머리끝

돌이켜 생각하고
보듬은 지난 세월
언제나 약자 편에
측은해 잃은 마음
아 이젠
자유를 찾자
나를 위한 고운 삶

어르신

열심히 살아와서 나이를
잘 먹으면
존중히 부르는 말 얼이 찬
신적 존재

늙은이보다 높임말
즐겨 부른 어르신

계절로 가름할 때 늦가을
맞이하여
거름 된 굳은 내실 다음 세대
물려 줄

풍부한 안목 갖추어
얼이 깃든 늙은이

 * 어르신 : 어른+신(神)

어린른이

출판사 상호 중에 알다가 모를 이름
못 찾는 어학사전 신조어 굳히는가
어린이 어른도 아닌
중간 시기
청소년

국가가 정해 놓은 청소년 기본법률
어린이 9세 이하 어른은 24세 이상
그 사이 성장의 시기
폭풍 성장
청소년

피어날 봄날처럼 꽃 같은 외모 마음
지혜와 지식 성장 평생 쓸 자본 수집
아이야 마음껏 펴라
어린른이
예쁘다

억새

꽃이라 부르자니
톱니가 날카롭고

이삭을 닮았으나
곡식은 아니란다

갈 바람
추억 한 모금
나부끼는 흰 가슴

중년

인생의 오르막길 괴로운 순간마다
설익은 과일처럼 떫은맛 입안 가득
두 눈에
주름살 패어
흔들리는 눈동자

오늘을 내어주고 내일을 가져오니
성급한 기대치에 찬바람 스미는데
초행길
낯선 칼바람
뚜벅뚜벅 달구지

천둥의 밤

번개의 뾰족 광선 밤하늘 금을 그어
구름 속 난도질에 우레의 깨진 조각
와르르
구르는 소리
거리 재는 가슴 귀

산허리 돌아치는 폭음의 충격 소리
도시로 퍼져가는 공포의 마찰 소리
오금 밑
하얗게 질려
엉금엉금 퇴근길

타작마당

새침한 가을 아침 은행잎 가로수길
은행알 어디 가고 황금빛 누인 햇살
가로수
낙엽 송풍기
윙윙 불어 맨바닥

지나온 시간 동안 내 안의 타작마당
발자국 먼지 털어 큰 수확 찾아보니
남긴 건
주름살 넝쿨
얽힌 사연 칡 향기

풋여름

잎새의 체온 담아 뿌리로 삼키다가
수시로 성장 관리 단맛을 쓸어 모아
저마다
놓치지 않는
계절 담는 알알이

이르다 체념 않고 뜨겁다 불평 않고
시절이 오는 대로 비 마중 아장대며
불어난
몸집 야물게
가지마다 탐스레

허수아비

새 쫓던 허수아비
옛고향 간곳없고

임 오라 손짓하는
축제길 코스모스

인형 옷 목각 울타리
가슴 열어 반기네

제5부

주름진 얼굴

7월 장마 구름 강

한반도 가로지른
희뿌연 구름 더미
큰 대륙 넘어와서
작은 대륙 덮치네
구름 강
흘러가는 길
그 누구랴 피할 자

비구름 커다란 막
가려진 우리나라
조그만 유리구슬
손바닥 덮듯 하네
올여름
구름 강 예보
기상 이변 이례적

고향

언제든 반겨주는
동구 밖
큰물 줄기

굽이쳐 흘러 흘러
낙동강
상류 지점

무시로 돌아가고픈
나고 자란
내 고향

길꽃

발길에 차일 듯이
시원한
그늘 밑은

한낮의 둥근 하품
목젖을
드러낸다

저 행인
웃음소리에
급히 다문 옥잠화

눈사람

텃밭을 굴려 만든
오뚝이
곧은 허리

솔가지 눈썹 붙여
눈꼬리
미소 짓고

아버지
인자한 얼굴
고통 없는 눈 나라

단풍

갈 바람 여린 붓에
밤새워
그린 그림

햇살에 비춰보니
빈 하늘
드러나네

나부낀
잎새 메아리
울긋불긋 산마루

명함

내 이름 나를 찾아
먼 길을
달려왔네

뜻깊은 시인 명함
청명한
가을 타고

모진 삶
장밋빛 되어
사연 담아 나르리

물동이 이고

낙동강 푸른 줄기
산수화
고이 담고

서산에 저녁노을
땅거미
등에 지니

오가는
샘길 고무신
찰랑찰랑 잰걸음

백로(白露)

한밤중 뭉게구름
행각에
내려앉아

고요히 잠든 호수
숨소리
들어본다

어둠 속
풀잎 더듬어
조롱조롱 흰 이슬

백운대 가는 길

물 따라 계곡 따라 돌계단 징검다리
가파른 오르막길 종아리 힘줄 서고
땀방울 구르는 소리
쉬엄쉬엄 오른다

눈부신 좋은 햇살 연둣빛 등불 되니
투명한 단풍 속내 실핏줄 드러내고
바위틈 비집고 나온
나뭇가지 벙근다

층 계단 깔딱 고개 한걸음 힘겨운데
길동무 따로 있나 같은 방향 등산객
떨리고 후들거리다
비틀걸음 허벅지

변화

옹달샘 굽이 솟아
정수기
앉혀놓고

표주박 뒹굴뒹굴
종이컵
커피 한 잔

달구지 저녁 노을빛
반사하는
전동차

불볕더위

파리한 잡초 사이
태양이
눌러앉아

한여름 논바닥에
물기 다
빼앗으니

저 농부 발걸음보다
더 무거운
벼 뿌리

사모하는 마음

가슴에 꽃 띄워라
잔잔한
그 마음에

해종일 품고 있어
행복을
가둬 놓고

치솟은 미소 온 얼굴
싱글싱글
꽃 웃음

신앙의 편린

넘치는 성경 분석 듣는 귀 두터운 턱
긴 시간 쌓인 말씀 걸러낼 용기 없어
진실로 다 된 것처럼
착각 속에 머물다

얼굴을 벽에 묻고 기도의 길을 내어
땅의 문 닫을 때면 하늘 문 활짝 열려
삶으로 옮기는 걸음
윤기 나는 조각들

악몽

고통을 파내어도
긴 흔적
남아 있어

때마다 몸살 나게
뇌 속을
후벼 판다

잊으려 아주 잊으려
절레절레
눈 사래

온종일 비

태풍 길 부슬비에
찬바람
스미는데

먼 산에 익는 가을
안개 숲
덮여 있네

가만히 스며든 대지
젖은 추억
그리움

자기 돌봄

기도의 동역자만 온전히 의지하다
어려움 닥쳐오면 본인의 믿음 없어
보호의 손길조차도
놓쳐버린 불감증

허다한 성도 중에 묻어간 나의 걸음
성서의 진리 말씀 내 삶의 안내 삼아
스스로 찾아가는 길
밝은 걸음 밝은 길

젊음

청포도 물이 드는
칠월은
분주한데

새하얀 고깔 쓴 채
천연한
새침데기

알알이 뜨거운 가슴
꿈을 꾸는
청춘들

주름진 얼굴

큰 행복 온다더니
바람만
도착했네

가랑잎 손등 위에
그물로
내려앉아

긴 세월 흘러 머리끝
시린 마음
저민다

촛불

밤새워 녹인 사랑
흰 눈물
덧칠하고

아프게 심지 태운
그 사랑
누가 알리

두 손에 녹아든 인자
하늘 호수
내리네

파종

서늘한 빗방울에
젖어 든
잡초마음

알알이 여문 씨앗
돌밭에
걸쳐놓고

한 방울 씻겨 살피는
돌 틈 사이
텃밭 꿈

시조 쓰기를 통한 건강한 삶 읽기

– 신순희 시조집 『아마도 너를 닮았지』

최봉희(시조시인, 평론가, 글벗 편집주간)

시조는 오랜 전통을 바탕으로 한 우리의 고유한 문학 형식이다. 전통을 지키면서도 새로운 시도를 통해 시조의 매력을 극대화할 수 있는 시조 시인들의 다양한 전략이 필요하다.

신순희 시인은 글벗문학회 회원으로서 2016년 『민주문학』에서 시인으로 등단했고 『청옥문학』에서 시조시인으로 등단했다. 아울러 각종 백일장 대회에서도 다수 입상한 바 있다. 푸른문학 백일장 우수상 수상(2020), 글벗백일장 장려상 수상 3회(2021~2022), 제1회 한탄강전국백일장대회 장려상 수상(2022), 제4회 신정문학상 시 부문 최고상(2024)을 수상한 바 있다. 더불어 첫 시집 『풍경이 있는 자리』, 두 번째 시집 『그렇게 잠잠히 흘러가리라』 그리고 이번에 첫 시조집 『아마도 너를 닮았지』를 출간한다.

영국의 시인 존 키츠(John Keats)가 노래한 '아름다운 것은 영원한 기쁨'이라는 글귀가 눈망울에 별빛같이 다가온다. 기츠는 아름다움이 미래에 올 것이 아닌 과거에 이미 존재했지만, 지금은 사라져서 아쉬움을 주는 것이라 생각했다.

소유의 양 크기로
행 불행 나누지만
존재의 가치로써
인생관을 정하자
상황을
넘어선 행복
내적 기쁨 맛나다

쟁취한 행복이면
불안에 휩싸이니
주어진 행복 안고
늘 미소 간직하자
집착을
넘어선 행복
소망 나라 얻는다
- 시조 「무엇이 행복인가」 전문

시인의 행복의 철학은 누구에게나 주어진 행복이 있다는 것이다. 어쩌면 긍정적인 사고가 그의 행복 철학이 아닐까 한다. 시인은 존재의 가치로써 인생관을 정하면서 집착이 아닌 주어진 행복을 안고 웃음으로 행복을 추구한다. 더불어 삶 속에서 나눔의 행복, 봉사의 기쁨을 시조를 통해서

토로한다.

　그는 독실한 기독 신앙인이다. 글을 통해서 혹은 삶의 나눔 속에서 행복을 얻고 내적 기쁨을 찾고 있는 듯하다.

　　　밤사이 봄비 내려
　　　이 마음 촉촉해요
　　　잎 뿌리 둥굴레꽃
　　　이 한 몸 내어 맡겨
　　　그대의
　　　허약한 심성
　　　신진대사 도와요

　　　기쁨의 안색 혈색
　　　입가의 미소 착색
　　　줄지어 꽃 단 나비
　　　봄 하늘 일렁거려
　　　작은 몸
　　　고귀한 봉사
　　　둥글둥글 한세상
　　　- 시조 「나는 둥글레」 전문

　둥글레꽃을 의인법으로 활용하여 자신의 철학적 가치를 구현하는 기법이 눈에 띈다.

　그렇다면 신순희 시인은 어떤 시조를 쓸까? 신순희 시인의 시조에 경향은 어떤 특징을 지닐까?

　첫 번째 시조의 음악성을 잘 살려 표현하고 있다는 점에 주목한다.

> 불그레 노르스름
> 흰 연두 혼합 꽃눈
> 다양한 땅의 심장
> 눈웃음 다채롭다
> 봄 열고
> 깨어나는 잠
> 이슬조차 긴 하품
> - 시조 「눈꽃」 중에서

위 시조는 얼마나 멋진 시조인가. 눈꽃이 봄을 열고 나오는 장면을 '다양한 땅의 심장'이라고 표현했다. 음악성을 살려서 가슴이 뻥 뚫는 시조다. 시조는 정형률이 생명이다. 각 장이 정확하게 절반으로 나뉘어야 한다. 다시 말해서 각 장의 앞구와 뒷구가 통사적으로나 의미론적으로도 각 소절이 정확하게 끊어져야 한다. 간혹 둘째 소절과 셋째 소절이 연결되게 쓰는 경우가 있다. 하지만 이는 한 장에 3개의 구를 만드는 결과를 가져온다. 앞구와 뒷구가 나뉘게 쓰는 것은 시조의 고유한 리듬을 유지하고, 독자가 읽기에 자연스러운 흐름을 제공할 수 있는 중요한 요소다.
둘째, 신순희 시인의 시조의 특징은 선경후정(先景後情)의 전통적인 기법을 활용하고 있다. 다시 말해 이야기보다는 감정과 이미지에 집중하여 표현하고 있다는 점이다.

꽃 탑동 나들목에 우뚝 선
꽃대 하나
자줏빛 둥근 터널 다세대
줄기 서니
온 마을 등대 삼아서
우리 동네 꽃동네

정다운 이야기꽃 걸쭉한
입담 작열
흐르는 사랑 노래 내 마음
아슴아슴
흐르다 멈춰 선 경계
꿀에 잠긴 꽃가루

아랫집 입 다무니 위층 집
마음 열고
번갈아 입술 모양 하모니
모으는데
지켜본 그녀 발걸음
해지는 줄 모른다
– 시조 「디기탈리스」 전문

　심장풀로 불리는 디기탈리스를 소재로 쓴 시조가 그렇다.
앞부분에는 디기탈리스가 있는 아름다운 꽃동네의 모습을
묘사하면서 꽃이 사랑 노래로 하모니를 이루는 듯하고 그
아름다움에 취해 시간이 가는 줄 모르는 무아지경에 이르

게 한다.

 시조는 압축의 문학이다. 이야기를 길게 늘어놓기보다는 포착한 순간의 이미지와 감정을 잘 포착하여 강렬한 인상을 남기는 중요하다. 물론 시에 담긴 상황도 중요하다. 하지만 그 이야기 속에 담긴 이미지에 집중하는 것이 필요다. 이를 통해 시조의 본질적인 아름다움을 살릴 수 있기 때문이다. 순간의 감정과 이미지를 통해 독자에게 전달하고자 하는 메시지를 명확하게 하는 것이 시조 창작의 핵심이 아닐까 한다.

　　정서적 의존 관계
　　누구나 있다마는
　　너무 큰 기대치를
　　상대에 걸지 마라
　　줄줄줄
　　새는 에너지
　　감당하기 어렵다

　　진솔한 감정 대화
　　맞서기 두려워 말고
　　내 마음 간직하고
　　네 마음 간직하자
　　흩어진
　　자존감 모아
　　마음 서랍 채우자
　　- 시조 「마음 서랍」 전문

시조 「마음 서랍」에 나타난 것처럼 서로의 마음을 간직하고 존중하면서 흩어진 자존감을 모으자고 말한다.

시나 시조 쓰기에서 주의할 점은 과도한 이미지 사용이 문제이고 진정성 없는 감정 표현이 문제다. 특별히 이미지와 감정의 부조화는 시조의 효과를 떨어뜨린다. 물론 시조 쓰기에서 함축적 표현의 부족이나 감정과 이미지의 불균형 등이 문제가 되기도 한다. 신순희 시인은 이에 집중하면서 작품을 창작하는 점이 탁월하고 돋보인다.

셋째, 신순희의 시조는 한 행으로 읽을 때 무리 없이 읽히는 시조를 창작하고 있다. 앞에서 여러 작품을 살펴보았듯이 시조는 행간에서 독자가 쉬어가며 생각할 수 있는 여유를 주는 것이 중요하다.

세월을 등 돌리며 얼마나 신날까요
젊음을 간직하여 노년에 사용하고
더듬어 걸어갈 길을
다듬어서 사는 삶

흘러간 구름 타고 날리는 갈잎 타고
아침 해 품에 안고 저녁놀 비낀 하늘
천상의 조화로운 길
동행하며 걷네요

가벼운 걸음걸이 골목길 가득하고
경륜의 여유로움 눈가의 엷은 미소

너무나 보기 좋아요
은빛 나는 그대 품
- 시조 「그댄 멋진 노노족」 전문

시인이 정년퇴직을 준비하면서 미래의 노년을 준비하는 감회를 적은 시조로 보인다. '젊음을 간직하여 노년에 사용하고 더듬어 걸어온 길을 다듬어서 사는 삶'이라고 표현했다. 표현에 언어유희도 보이지만 '천상의 조화로운 삶과 동행'이라는 가치에 공감하게 된다. 사실 필자도 올해 36년의 공직생활을 마치고 내년 초에 정년퇴직 예정이다.

신순희 시인의 이야기가 있는 시조를 읽으면서 공감할 수 있었다. 마치 시조를 한 행으로 읽었을 때 무리 없이 읽히는 점이 탁월했다. 한 행처럼 읽는 시조는 압축미가 떨어질 수도 있지만 시조의 압축미와 행간의 여백을 살리면 시조의 밀도를 유지할 수 있었기에 뛰어난 시조 작품이란 생각이 든다.

넷째로 신순희 시인의 시조 창작은 일상의 경험을 소재로 새로운 발견이나 소재를 통해 작품을 쓰는 점이다.

무수한 시간 속에
되살려 새겨 두어
귓전에 살아 있는
아버지 훈계 말씀

형보다 동생이 낫고

동생보다 형 나아
－ 시조 「가훈」 전문

 신순희 시인은 오롯이 일상에서 낯설게 느껴지는 순간을
포착하여 시조로 쓰는 시인이다. 시조 시인이 지녀야 할
중요한 능력을 갖춘 셈이다.
 시나 시조는 이미 많은 시인이 사용한 소재를 피해야 한
다. 무엇보다도 나만의 독창적인 소재로 글을 쓰는 것이
바람직하다. 일상에서 경험하고 느끼는 소재를 바탕으로
새로운 감각이나 발견을 통해 시조를 써야 한다. 이는 독
자에게 신선한 인상을 주는 것은 물론, 시조의 주제를 더
욱 풍부하게 하는 데 큰 도움이 된다.
 다섯째, 새로운 단어를 찾아 쓰는 노력이 돋보인다.
 시조를 쓸 때는 늘 사용하는 익숙한 단어 대신 새로운 단
어를 찾아 사용하는 것이 중요하다. 이를 통해 작품의 효
능을 높이고, 독자에게 신선한 인상을 남길 수 있다. 유의
어를 활용하여 표현의 다양성을 높이고, 시조의 언어를 더
욱 풍부하게 만드는 것이다. 이는 독자에게 새로운 언어적
경험을 제공하고, 시조의 표현력을 극대화하는 데 도움이
된다.

 출판사 상호 중에 알다가 모를 이름
 못 찾는 어학사전 신조어 굳히는가
 어린이 어른도 아닌

중간 시기
청소년

국가가 정해 놓은 청소년 기본법률
어린이 9세 이하 어른은 24세 이상
그 사이 성장의 시기
폭풍 성장
청소년

피어날 봄날처럼 꽃 같은 외모 마음
지혜와 지식 성장 평생 쓸 자본 수집
아이야 마음껏 펴라
어린른이
예쁘다
– 시조 「어린른이」 전문

'어린른이'는 '어린이 같은 어른'이란 의미일 것이다. 시인
은 '청소년(靑少年)'를 지칭하는 의미로 사용했다. 그러고
보니 '어린이', '어른'은 고유의 우리말인데 아마도 한자로
쓰인 청소년을 대체하는 언어로 언급한 것이 아닐까? 이는
출판사의 이름으로 사용하고 있다. 어쩌면 새로운 관심과
호기심을 갖고 시조 쓰기에 노력하는 작가의 관심과 노력
이기도 하다. 물론 시조를 제대로 구현하기 위해서는 세심
한 관찰과 정확한 표현, 과도한 설명을 피하는 일이 중요
하다. 더불어 일상성과 예술성의 균형, 감정의 진정성을 유

지하는 것도 매우 중요하다.

신순희 시인도 시조 쓰기의 어려움과 배움의 과정을 '시인의 말'에서 이렇게 언급한다.

> 처음 시조를 배울 때 정형 시조 율격과 음보율을 엄격하게 지키는 것과 고사성어 포함 사자성어는 안되고 순수 우리말로 연속적이거나 반복적인 언어의 리듬을 표현하면서 의미를 깊게 하기란 여간 서툴고 힘든 작업이 아니었습니다. 배우고 익혀가며 창작한 시조를 징검다리 놓듯 한 수 한 수 모은 것을 묶어서 시조집을 출간하게 되었습니다.
> – 시조집 『아마도 너 닮았지』 「시인의 말」 중에서

물론 새로운 언어를 선택할 때마다 문맥과 의미에 맞는 단어인지 살피는 노력은 물론이고 독자의 이해와 공감을 고려한 글쓰기가 필요하다. 더욱이 자연스러운 시조의 흐름을 유지하면서 적절한 활용과 조화 등의 유의하면 좋은 시조 쓰기가 되는 것은 분명하다. 분명한 것은 새로운 시어를 선택하여 사용하면, 시조는 더욱 깊이 있고 세련된 작품으로 거듭날 수 있기 때문이다.

필자는 종종 글쓰기는 마음이 복잡하고 걱정거리로 가득한 때에 펜을 들고 적바림하면서 자신을 성찰하는 것이란 생각이 들곤 한다. 왜냐하면 마음의 고요를 느끼면서 차분해질 수 있기 때문이다. 때로는 고요한 자연의 세계로 들어가서 그들과의 만남에서 나만의 삶을 살피는 것도 매우 의미 있는 일이기 때문이다.

과하게 작용하면 부정적 꽃이 피고
커다란 꼬투리에 빈약한 속 알맹이
욕심이 주는 영향에 헛된 영광 과시욕

적당히 작용하면 긍정적 꽃이 되어
강력한 껍질 싸고 질투에 자유롭다
성실성 주는 영향에 목표 달성 순수형

넘치는 바닷물이 경계를 지키듯이
뿌려진 들풀 하나 범위를 지키듯이
인생의 나그넷길에 귀감 되는 대자연
  - 시조 「욕심의 두 갈래」 전문

  아마도 시조를 쓰는 동안은 삶을 돌아보는 포근함 속에서 삶의 성찰을 통해서 때론 치유도 되는 것을 느꼈으리라.
  앞에서도 언급했듯이 신순희 시인은 각종 공모전과 백일장에서 그의 창작 능력을 검증받은 바 있다.
  세 번째 창작 시집이자 첫 시조집을 통해서 그의 시조 사랑과 창작 능력을 확인한 바 있다. 자신의 경험을 소재로 하여 시조의 정형성을 살려서 운율의 미적 구현을 위해서 노력함은 물론이고 선경후정의 전통적인 시조 창작기법을 계승하고 있다는 점에서 주목하게 된다. 더욱이 새로운 어휘나 시어를 찾는 노력을 통해 나름대로 멋진 시조 창작을 위해 매진하고 있음을 느낄 수 있었다.

햇살은 한쪽으로만 내려오지 않는 법이다. 시조라는 글빛이 신순희 시인에게 들어와서 마음을 더 밝게 삶을 따뜻하고 있다. 이것이 시조 쓰기, 혹은 삶의 순리다. 내 것을 줌으로써 나 자신이 더 풍성해지는 것은 아닐까. 신순희 시인이 시조 쓰기를 통해서 독자들에게 자신의 삶을 나누고 독자들의 감흥을 불러오는 선순환의 기쁨이 계속 되기를 소망한다.

이제 그가 쓴 「단풍나무 겨울나기」를 통해서 글을 마무리할까 한다.

칼바람 시샘하듯 살 속을 파고들 때
북풍에 한설 이불 고운 빛 깔아놓고
추억 속 떠난 그리움 한 잎 한 잎 수놓네
– 시조 「단풍나무 겨울나기」 전문

이제 신순희라는 아름다운 단풍나무는 겨울나기만을 남겨두고 있다. 시조 쓰기라는 그리움의 순간을 한 잎 한 잎 수놓았다. 이제 독자들과의 만남을 통한 성숙과 쉼의 시간이 필요하다.

끝으로 신순희 시인의 시조 쓰기라는 새로운 계절을 다시 기다려도 좋으리라. 그의 끊임없이 노력하는 모습에 응원을 보내면서 행복하고 건강한 시조 쓰기를 기대한다.

■ 글벗시선 217 신순희 시조집

아마도 너 닮았지

인 쇄 일 2024년 9월 9일
발 행 일 2024년 9월 9일
지 은 이 신 순 희
펴 낸 이 한 주 희
펴 낸 곳 도서출판 글벗
출판등록 2007. 10. 29(제406-2007-100호)
주   소 경기도 파주시 와석순환로 16,(야당동)
　　　　　 롯데캐슬파크타운 905동 1104호
홈페이지 https://cafe.daum.net/geulbutsarang
E-mail juhee6305@hanmail.net
전화번호 031-957-1461
팩   스 031-957-7319
가   격 12,000원
I S B N 978-89-6533-286-2 04810